AF509705

EE   1894

Vᵗᵉ mins
(si numéros de
tableaux)

total 87.14f
FF

COLLECTION

DE FEU

M. A. Nùñes

CATALOGUE

D'UNE IMPORTANTE COLLECTION

DE

TABLEAUX

MODERNES

PAR

Bonvin, Boudin, Cals, G. Colin. Corot, Courbet, Daubigny
E. Delacroix, Fantin-Latour, Guillaumin
Jongkind, Lépine. Claude Monet, Pissaro. Ribot, Sisley, Tassaert. Vollon

DESSINS

BRONZES DE BARYE

Dépendant de la Succession de M. A. X***

DONT LA VENTE

POUR CAUSE DE MINORITÉ ET EN VERTU D'ORDONNANCE

aura lieu à

L'HOTEL DROUOT, SALLE N° 6

Le Lundi 16 Avril 1894, à trois heures

COMMISSAIRE-PRISEUR	EXPERT
Mᵉ LÉON TUAL	**M. DURAND-RUEL**
56, rue de la Victoire, 56	16, rue Laffitte, et rue Le Peletier, 11

EXPOSITIONS

Pᴀʀᴛɪᴄᴜʟɪᴇ̀ʀᴇ : *Le Samedi 14 Avril 1894, de 1 h. à 5 h. 1/2*
PᴜʙʟɪQᴜᴇ : *Le Dimanche 15 Avril 1894, de 1 h. à 5 h. 1/2*

CONDITIONS DE LA VENTE

Elle sera faite expressément au comptant.

Les acquéreurs payeront *cinq pour cent* en sus des adjudications.

PRIX DU CATALOGUE ILLUSTRÉ : 10 FRANCS

Paris. — Imp. de l'Art, E. Moreau et Cⁱᵉ, 41, rue de la Victoire.

DÉSIGNATION

TABLEAUX

BONVIN
(F.)

1 — *Le Déjeuner.*

Vue debout, de profil, vêtue d'un jupon gris, d'un corsage rouge et d'un tablier blanc, coiffée d'un coquet bonnet, une bonne anglaise s'apprête à servir un déjeuner posé sur la table qui occupe la gauche du tableau.

Dans le fond, à droite, l'inscription : « Apartments Bed Room to let. »

Signé à droite F· Bonvin et daté 1871 London.

Toile. Haut., 52 cent.; larg., 34 cent.

BOUDIN

(E.)

L N.° 2 - - *Navires en rade.*

Vers la gauche, près d'une charrette attelée de plusieurs chevaux, la coque d'un navire démâté se dresse sur le sable.

Au fond, quelques navires sont à l'ancre.

Au lointain, la ligne de la côte, se détachant sur le ciel semé de légers nuages.

Signé et daté à gauche : E. Boudin, 71.

Toile. Haut., 40 cent.; larg., 66 cent.

BOUDIN

(E.)

N.° 3 — *Plage de Trouville.*

Signé à droite et daté : E. Boudin, 73.

Bois. Haut., 16 cent.; larg., 30 cent

BOUDIN

(E.)

N.° 4 — *Plage de Trouville.*

Signé à gauche et daté : E. Boudin, 73.

Bois. Haut., 16 cent.; larg., 30 cent.

BOULARD

5 — *Le Déjeuner partagé.*

Signé à gauche.

Toile. Haut., 27 cent.; larg., 22 cent.

CALS

6 — *Paysage, à Honfleur.*

En haut de la falaise, dans un verger au gazon clair, plusieurs groupes de personnages sont assis à des tables disséminées dans le pré.

A gauche, quelques enfants jouant.

Au lointain, la mer qui baigne le pied de la falaise.

Signé et daté à droite : Cals, Honfleur 1875.

Haut., 36 cent.; larg., 52 cent.

CALS

7 — *Déjeuner champêtre.*

Dans un enclos d'où l'on aperçoit la mer, des paysans sont attablés et prennent leur repas, à l'ombre des pommiers.

Signé et daté : Cals, Honfleur 1875.

Toile. Haut., 38 cent.; larg., 47 cent.

CALS

265 8 — *Jeune Fille.*

Elle est assise au pied d'un arbre, dans un paysage à fond boisé.

Signé à droite et daté : Cals, Honfleur 1875.

Toile. Haut., 36 cent.; larg., 29 cent.

CALS

9 — *La Fuite de Sodome.*

Copie d'après Rubens.

Toile. Haut., 18 cent.; larg., 29 cent

COLIN
(GUSTAVE)

10 — *Le Départ pour le marché.*

Au premier plan, quelques paysannes basques, vêtues de costumes clairs et portant sur la tête des terrines de lait qu'elles soutiennent de la main, vont partir pour le marché voisin.

L'une d'elles se retourne, comme pour appeler les femmes que l'on aperçoit au loin, sur le sentier qui descend vers le fond.

Vers la gauche, la mer bleue, et sur une langue de terrain s'avançant dans la mer, la silhouette d'un château.

Signé à gauche en toutes lettres.

Toile. Haut., 92 cent.; larg., 1 m. 35 cent.

COLIN

(GUSTAVE)

11 — *La Rue des Pampinots, à Fontarabie.*

Au premier plan, vers la gauche, un paysan
basque, vêtu de son costume pittoresque, descend
la rue que vient éclairer un large rayon de soleil.
Vers la droite, un habitant regarde par une
fenêtre le muletier qui vient d'attacher sa mon-
ture à la porte de la maison où il s'apprête à entrer.
Signé à gauche en toutes lettres.

Bois. Haut., 55 cent.; larg., 35 cent.

COLIN

GUSTAVE

12 — *Paysage dans les Pyrénées.*

A droite, les hautes montagnes dont la pente
escarpée descend vers la mer où l'on aperçoit les
voiles blanches d'une barque. Deux paysans sont
assis au bord du sentier qui contourne la montagne
et plus loin une paysanne suit avec précaution ce
chemin difficile.
Signé à gauche en toutes lettres.

Bois. Haut., 55 cent.; larg., 35 cent.

COROT

9bre 13 — *La Vallée heureuse.*

Dans un paysage aux tons d'une harmonie vaporeuse, un chevrier, arrêté près d'un bloc de rocher, s'appuie sur son bâton. Il semble surveiller son troupeau disséminé dans les profondeurs du bois dont les grands arbres profilent, au premier plan, leurs cimes élancées.

Par une éclaircie, à travers les bouleaux, on aperçoit la silhouette lointaine d'un château se détachant sur le ciel lumineux où passent les nuages blancs.

Signé à gauche : Corot.

Très belle œuvre du maître, exécutée en 1873.

Toile. Haut., 61 cent.; larg., 46 cent.

COROT

14 — *Souvenir de la Villa Borghèse.*

A gauche, au premier plan, un cours d'eau, sur lequel un cygne prend ses ébats, baigne les murs d'une villa à demi-cachée dans les saules.

Au second plan, vers la droite, au bord du chemin, un bosquet près duquel se tient une paysanne aux épaules couvertes d'un fichu rouge.

Dans le fond, se dresse un rideau de grands arbres baigné d'une vapeur légère qui en estompe les contours.

Ciel clair.

Signé à droite : Corot.

Charmante composition.

Gravé par Gaucherel dans la « Collection Durand-Ruel », (n° 283).

Toile. Haut., 32 cent.; larg., 45 cent.

(Collection Edwards.)

COURBET

(G.)

15 — *Environs d'Ornans.*

A droite, un rocher surplombe la rivière coupée
par un barrage d'où l'eau s'écoule tourbillonnante
et couverte d'écume.

Sur la rivière, un moulin à eau protégé par
une passerelle. Au fond, entre les arbres touf-
fus, on aperçoit une maison au faîte d'une colline.

Signé à gauche : G. Courbet.

Toile. Haut., 54 cent.; larg., 65 cent.

DAUBIGNY

(C.)

16 — *Paysage, effet d'automne.*

Au premier plan, un jeune garçon conduit ses
dindons à travers les terres de labour.

A gauche, derrière un repli de terrain apparaissent le toit d'une ferme et quelques cerisiers.

Signé à gauche : Daubigny.

Bois. Haut., 30 cent.; larg., 53 cent.

DAUBIGNY

Diot   960 17 — *Paysage.*

Au premier plan, au pied de la côte qui occupe le fond du tableau, une vigne bordée à gauche par une route où passent plusieurs charrettes.

Au centre, dans un repli de terrain, on aperçoit une ferme dont le toit rouge est abrité par un bouquet d'arbres.

Signé à droite : Daubigny.

Bois. Haut., 20 cent. 1/2; larg., 41 cent.

DAUBIGNY

(C.)

Jousseau Valadon   3450 18 — *Paysage.*

Dans la plaine où sont disséminés des bouquets d'arbres, une mare occupe le premier plan. A droite, près des roseaux, quelques canards. Dans le fond, à gauche, un berger conduit son troupeau de moutons.

Signé et daté à gauche : Daubigny, 1869.

Bois. Haut., 16 cent.; larg., 27 cent.

DELACROIX
(E.)

480 19 — *Pavots, roses et dahlias dans un vase.*

Des dahlias rouges et blancs, joints à des pavots
et à des roses, forment, avec le feuillage qui com-
plète le bouquet, un ensemble des plus harmonieux.

Catalogué dans « *Robaut. L'œuvre complet de
E. Delacroix* », sous le n° 1013.

Toile. Haut., 49 cent.; larg., 32 cent.

(*Vente Arosa, 1878.*)

FANTIN-LATOUR

20 — *Nature morte.*

Un plat de pêches est posé sur une table. Vers
la gauche, au premier plan, une reine-claude jette
sa belle note glauque sur le fond brun du tableau.

Signé et daté : Fantin, 79.

Toile. Haut., 21 cent. 1/2 ; larg., 27 cent.

FANTIN-LATOUR

21 — *Nature morte.*

Quelques pêches arrangées en pyramide sur un
plat de faïence garni de feuillage. A droite, posée
sur la table, la note claire d'une pêche coupée, à
la chair succulente.

Signé dans le haut et daté : Fantin 80.

Toile. Haut., 27 cent.; larg., 35 cent.

GILBERT

(V.)

161   22 — *La Toilette de la bonne.*

Dans une cuisine, une bonne fait ses ablutions devant une fontaine en cuivre accrochée près de la fenêtre.

Signé à gauche : V. Gilbert.

Toile. Haut., 46 cent.: larg., 38 cent.

GUILLAUMIN

(A.)

Durand Ruel 600   23 — Vue de Paris : *Quai d'Austerlitz.*

Au premier plan, sous les arbres presque dégarnis de leur feuillage, quelques promeneurs se reposent sur les bancs.

Au pied du quai, la Seine, sillonnée de bâteaux et de remorqueurs.

Au loin, la berge opposée et la silhouette d'un pont.

Signé à gauche et daté : Guillaumin. 1873.

Toile. Haut., 59 cent.; larg., 73 cent.

JONGKIND

(B.)

24 — *Canal en Hollande.*

Au premier plan le canal s'élargit, reflétant le
ciel clair.

A gauche, le long de la berge, un groupe de
maisonnettes confine à une vaste prairie.

A droite, sous de grands arbres, une femme est
occupée à laver, tandis que plus loin paraît la
barque du passeur, montée par deux hommes.

Au second plan une maison met la note gaie
de son toit de tuiles rouges, derrière lequel on
aperçoit les grandes ailes d'un moulin.

Dans le fond, un bateau à voiles s'avance entre
les rangées d'arbres bordant le canal.

Signé et daté à gauche : Jongkind, 1868.

Très belle œuvre du maître.

Toile. Haut., 53 cent.; larg , 82 cent.

JONGKIND

(B.)

25 — Canal à Zaandam.

Au premier plan, au bord d'un canal qui s'enfonce dans le lointain, une paysanne donne la pâtée à la troupe barbotante des canards.

A droite, le long des arbres qui bordent l'autre berge, une femme ramène deux enfants de l'école. Plus loin, un autre groupe de personnages est arrêté, causant.

Au delà des maisons qui longent le canal, apparaît, dans un fond éloigné, la silhouette d'un clocher.

Ciel semé de nuages blancs où passe un vol d'oiseaux.

Signé à gauche et daté : Jongkind, 1859.

Toile. Haut., 27 cent.; larg., 19 cent. 1/2.

JONGKIND
(B.)

980 26 — Vue de Paris : *l'Église Notre-Dame.*

Au premier plan, la Seine ; et à gauche, sur le quai, quelques promeneurs et des pêcheurs à la ligne.

Au fond, la silhouette de Notre-Dame, se détachant sur un ciel clair, doré des lueurs du couchant.

A droite, la berge du quai d'Orléans et le pont Saint-Louis.

Signé et daté à gauche : Jongkind, 1864.

Toile. Haut., 42 cent.; larg., 56 cent.

JONGKIND
(B.)

27 — *La Rue Notre-Dame-des-Champs, à Paris.*

La lune vient de se lever, et ses rayons à peine obscurcis par les panaches de fumée s'échappant des cheminées d'usine, mettent au ciel leur clarté pâle et transparente.

Dans la rue éclairée par de rares becs de gaz, un camion stationne devant une usine dont les bâtiments occupent la gauche du tableau.

Sur le trottoir de droite, quelques passants.

Cette vue a été prise par Jongkind au coin de la rue Carnot, à Montparnasse.

Signé et daté : Jongkind, 1872.

Toile. Haut., 34 cent.; larg., 44 cent.

JONGKIND
B.,

3010 28 — Patineurs en Hollande.

Au premier plan, le canal gelé où passent des groupes de patineurs.

A gauche, sur la berge, un moulin.

Au fond, les clochers d'une ville dont la silhouette se détache sur le ciel chargé de neige.

Signé à droite et daté : Jongkind, 1873.

Toile. Haut., 33 cent.; larg., 52 cent.

JONGKIND
B.,

3700 29 — Vue de Delft.

A droite, un quai longeant un canal traversé vers la gauche par un pont à balustrades.

Au fond, une antique porte de la ville Oostpoort), surmontée de deux tourelles aux flèches élancées.

Signé à droite et daté 1868.

Toile. Haut., 33 cent.; larg., 46 cent.

LANSYER

30 — Le Port de Port-Ru, à Douarnenez (Finistère).

Signé à droite et daté : Lansyer 67.

Toile. Haut., 24 cent.; larg., 35 cent.

LANSYER

31 — *Bord de rivière ; environs de Bordeaux.*

Signé à gauche et daté : Lansyer 66.

Toile. Haut., 25 cent.; larg., 35 cent.

LÉPINE

(S.)

32 — Vue de Paris : *Quai de l'Hôtel-de-Ville.*

Vers la gauche, au pied du quai et se détachant
en note vert-clair sur le fleuve, on aperçoit les
bâches qui recouvrent les grands bateaux des mar-
chands de pommes.
Signé à droite.

Toile. Haut., 33 cent.; larg., 46 cent.

LÉPINE

(S.)

33 — Vue de Paris : *l'Ile Saint-Louis.*

Signé à gauche : S. Lépine.

Haut., 24 cent.; larg., 35 cent.

LÉPINE

(S.)

34 — Vue de Paris : *le Pont de l'Estacade*.

Signé à droite : S. Lépine.

Toile. Haut., 20 cent ; larg., 32 cent. 1/2.

MONET

(CLAUDE.

35 — *Le Jardin*.

Deux jeunes femmes, dont l'une s'abrite d'un parasol, sont assises au pied des lilas fleuris d'un jardin ensoleillé.

Le rideau rose des floraisons touffues se détache harmonieusement sur le bleu du ciel.

A droite, au premier plan, trois vases en grès garnis de marguerites.

Signé et daté : Claude Monet 72.

Toile. Haut., 64 cent.; larg., 81 cent.

MONET

(CLAUDE)

Montaignac 4500   36 -- *La Seine, à Argenteuil.*

A gauche, la rive s'étend, bordée d'arbres.
Au fond, apparaît la ville dont le clocher et les maisons se détachent en note vive sur le ciel clair où passent de légers nuages.
A droite, la berge gazonnée.
Signé à droite.

Haut., 5o cent.; larg., 66 cent.

PISSARO

(C.)

M⸱ Bernard 2750 37 -- *L'Automne.*

Au premier plan, au bord d'un étang entouré d'arbres, deux paysannes surveillent leurs vaches qui s'abreuvent.
A gauche, se dresse un grand hêtre dont le feuillage se dore des premières teintes de l'automne.
Signé à droite et daté: C. Pissaro, 1875.
Œuvre importante du maître.

Toile. Haut., 1 m. 12 cent.; larg., 1 m. 9 cent.

PISSARO

(C.)

38 — *L'Hiver.*

Au premier plan, un grand hêtre, dont les branches sont couvertes de neige, surplombe un cours d'eau gelé.

Sur l'autre rive, vers la droite, une paysanne conduit ses vaches vers le seul endroit où elles puissent encore s'abreuver.

Dans le fond, la lisière d'un bois, blanchi par le givre.

Signé à gauche et daté: C Pissaro, 1875.

Toile. Haut., 1 m. 12 cent.; larg., 1 m. 9 cent.

PISSARO

(C.)

39 — *Rue à Pontoise.*

A droite, un talus au sommet duquel on aperçoit un groupe de maisons.

A gauche, des jardins protégés par des clôtures munies de grillages longent la rue.

Au fond, parmi les arbres, la note claire de deux grands peupliers se détache sur l'horizon.

Ciel clair, couvert de légers nuages.

Signé à gauche et daté C. Pissaro 1872.

Haut., 45 cent.; larg., 55 cent.

PISSARO

(C.)

Durand-Ruel 1190 40 — *Paysage; effet de neige.*

A gauche, au premier plan d'un jardin potager
dont la terre est blanchie par la neige, un arbre
dresse sa silhouette rabougrie.

Au fond, les maisons du village.

Signé et daté à droite ; C. Pissaro 74.

Haut., 38 cent.; larg., 55 cent.

RIBOT

(T.)

Bernheim jeune 1350 41 — *Le Cuisinier.*

Vu de profil, tournant la tête vers le spectateur,
il est assis sur un banc de l'office, en train de
prendre une tasse de café.

Dans le fond, à gauche, deux cuisiniers vêtus
du même costume blanc que leur camarade,
s'avancent vers lui comme pour le surprendre au
milieu de sa dégustation.

Signé à gauche : T. Ribot.

Bois. Haut., 27 cent.; larg., 22 cent.

SISLEY

42 — *Entrée de village.*

> Au premier plan, une large route bordée d'arbres.
>
> A droite, les premières maisons du village; devant la porte du maréchal-ferrant, deux chevaux, l'un blanc, l'autre noir, attendent avec leurs conducteurs.
>
> A gauche, au delà d'un mur longeant la route, s'estompe la silhouette d'un bois.
>
> Signé à gauche et daté Sisley 76.

Toile. Haut., 46 cent.; larg., 61 cent.

TASSAERT

(O.)

43 — *L'Enfant malade.*

> Près de la fenêtre ouverte, par laquelle entre un gai rayon de soleil, le petit malade, couché sur une chaise, semble heureux de la présence de sa mère, assise auprès de lui et en proie à l'inquiétude que lui inspire l'état de son enfant.
>
> Signé à gauche du monogramme et daté 1854.

Toile. Haut., 25 cent.; larg., 20 cent.

TASSAERT

(O.)

44 — *L'Incendie.*

Une jeune femme, ayant fui le lieu du sinistre indiqué au fond du tableau où apparaissent les lueurs des maisons en flammes, est assise sur un matelas sauvé du désastre.

Sur ses genoux, elle tient une fillette qui se blottit contre elle.

Signé et daté à droite : O. Tassaert 1854.

Haut., 36 cent.; larg., 27 cent.

VOLLON

(A.)

45 — *Nature morte.*

D'un panier posé sur une table, s'échappe une large gerbe de giroflées.

Au premier plan, vers la droite, un narcisse se détache en note claire sur les tons chauds de l'ensemble.

Signé à gauche : A. Vollon.

Bois. Haut., 39 cent.; larg , 55 cent.

VOLLON

(A.)

Lamaralli 310 46 — *Banlieue.*

Au premier plan d'un coin de banlieue pari-
sienne, deux enfants jouent près des clôtures en
bois qui entourent les maisons s'étageant au fond
du tableau.

Signé à droite : A. Vollon.

Toile. Haut., 31 cent.; larg., 40 cent.

VOLLON

(A.)

Expécté 24: 47 — *Vue de Montmartre.*

A gauche, une femme et un enfant descendent
la rue bordée d'un talus gazonné. Au fond, à
droite, quelques maisons du vieux Montmartre.

Signé à droite : A. Vollon.

Toile. Haut., 31 cent.; larg., 40 cent.

AQUARELLES ET DESSIN

BOUDIN

48 — *Canal, à Bruxelles.*

Vue prise près de l'Entrepôt.
A gauche, la silhouette d'une vieille maison
espagnole, datant du xve siècle.
Signé à droite : E. Boudin.
Aquarelle.

Haut., 23 cent.; larg., 35 cent.

DAUMIER

(H.)

49 — *La Causerie.*

Aquarelle.
Signée à gauche du monogramme.

Haut., 20 cent.; larg., 22 cent.

PIETTE

50 — *Le Mans.*

Dessin au crayon et fusain, rehaussé de gouache.

Haut., 62 cent.; larg., 1 m. 10 cent.

BRONZES

BARYE

5 1 — *Combat de lions.*

Très belle épreuve ancienne.

Haut., 21 cent.; larg., 17 cent

BARYE

52 — *Le Cerf.*

Belle épreuve.

Haut., 19 cent.; larg., 25 cent.

BIBLIOTHEQUE
NATIONALE
DE FRANCE

****

CHATEAU
DE
SABLE
1996

www.ingramcontent.com/pod-product-compliance
Lightning Source LLC
LaVergne TN
LVHW021647170726
843501LV00007B/2444